来嶋靖生　歌集

水

河出書房新社

Ⅱ　雨の来ぬ間に

Ⅲ　月と影と

Ⅳ　秋の夜に

V　雷の涙

Ⅰ　春の魁

春の魁

天を指し直立《すぐた》つ松の若みどり初日《はつひ》及べばいや冴えまさる

ゆくりなく明るきメール届きたり千両の赤燦と輝く

ひとりわが期する思ひを包むごと音なくかをる蠟梅の花

眼をつむり思ひゐたるは何ならん新春立たば遂げん幾ばく

いかほどの力となるや知らねども声はあげなん九条守れ

雪つもる峰々を越え佳き便りいま届きたり春の魁《さきがけ》

熊野中辺路

平成二十六年五月二十九日より三日間、熊野中辺路を歩く

古き樹々繁りて暗き川の辺に社《やしろ》ひそけし滝尻王子

夏の日のい照る広野を富田川遠世の水音《みをと》今に伝ふる

岩幾つ踏み越え凌ぎ息つけば木洩れ日ひかる不寝《ねず》王子とぞ

背に滲み額《ぬか》より滴りやまぬ汗遠世の人の汗もかかりしか

旅遠く来たりし人らこの川に禊《みそぎ》したりと伝ふるあはれ

禊して衣《きぬ》ずぶずぶに濡れたりと四十歳の定家は記す

人ら従へここに至りて歌を詠み歌詠ましめし若き帝《みかど》や

千年の星霜凌ぎ遺されし熊野懐紙やここにわが読む

前もみどり後《うしろ》もみどり深山路《みやまぢ》に相呼びかはす鶯の声

この細き山路をいかに登りけん揺れつ軋みつ傾く御輿《みこし》

連なれる嶺の起き伏しいみじくも果無《はてなし》山脈と人は名付けつ

暁を軒に囀る燕あり飛び立ち宙に羽ひるがへす

行く道の傍《かたへ》はなべて羊歯の群《むれ》葉のすこやかにみどりの著《しる》し

到り着き定家が詠みし歌のあり発心門《ほっしんもん》王子とその名のゆかし

畑中に小さき店あり梅干と蜜柑の置かれ人影はなき

茶畑の高処《たかど》に立てばみはるかすかなたに見えつけさの大鳥居

那智の滝

神として崇められ来し那智の滝再び拝す半世紀経て

とめどなく水は現はれ真逆さに轟きて落つ滝壺ふかく

幾百年落ち続け来し那智の滝ここにわが聞く神の轟き

那智黒の碁石求めし記憶ありすでにし遥か歳月は経つ

おだやかに水を湛ふる熊野川さかのぼり行く上瀞《かみどろ》ふかく

熊野川波立つ見ればいづこより耳に響くか古き世の歌

幾星霜凌ぎきたりて秋一日川は流るるゆたにたゆたに

合唱

ゆゑもなく瞼《まなぶた》熱くなるものか会堂に楽鳴り出でし時

瞑《めつむ》りてあればいつしか弦楽の厚き響きに身は沈みゆく

散らむとし散らぬ紅葉の幾片に声はかけまく仰ぐその枝

落ちし葉は落ちたるままに新たなる彩《いろど》り見せて大地に転《まろ》ぶ

久しくを聞かぬ声あり父母の声師の声さらにまた友の声

言ひ過ぎも書き過ぎもありき暮一日窓の硝子を懇ろに拭く

意のままにならぬ嘆きを聞きゐたり同じ嘆きは誰しもが持つ

過ぎたるに拘はるなかれ今宵聴く合唱は未来を指し示す声

みなもと　羽村上水を歩く

北遠く生れたる水の流れきて上水となり人をやしなふ

さんさんと降る秋の日にきらめきて羽村の堰に水の流るる

上水の流れに沿へる道の辺の桜並木ははや秋の翳

とどろきて堰より出でて落つる水その水澄みて底石も見ゆ

堰を越え流るる水は絶え間なく白波たててほとばしりゆく

猛り立つ水なだめむと村人の傾けし知恵「牛枠」「川倉」

声高く相啼きかはし樹より樹へ次々移る鳥は尉鶲《じようびたき》

水に向け長き竿振る釣人を橋の上より子らは見守る

鳥影

里山の路べに聞けり天を指し昇る雲雀の一途なる声

土筆伸び蒲公英の咲く春の野に花としも見え雀らの散る

鶺鴒の一羽が飛べばそを追ひてまた一羽行く礫《つぶて》となりて

窓近く来たるひよどり首かしげあたり窺ひおもむろに去る

春浅き里山路《さとやまみち》に聞こえしは鶯ならむ二声はなし

何も彼《か》も至らざりけれ瞑れば瞼の奥に差す光あり

春浅き空の高枝に尾白鷲つばさ畳みて動くとはせず

地吹雪のしまける中に立ちゐたる丹頂鶴ら瞼を去らず

若桜　戦時中の映画より

どつどど　どどうど　どどうど　どどう　耳に鳴りつつ一夜ありたり（風の又三郎）

風すさび柳絮乱るる宵の口風《くち》の又三郎来しにあらずや（同右）

空を航《ゆ》く戦闘機の画面に胸躍り声あげ歌ふ「燃ゆる大空気流だ雲だ」（燃ゆる大空）

遠き日の小倉の町の甦る車曳く阪妻《ばんつま》の姿とともに（無法松の一生）

とどろとどろ祇園太鼓の暴れ打ちかそかに浮かぶ人妻の影（同右）

「散って甲斐ある命」と詠みし若桜瞑りて思ふその若桜（海軍）

対戦車壕　一九四五年春を思ひ出でて

「進め少国民」と歌ひ励みし日々ありき誰も行手は何処と知らず

ショベル鶴嘴肩に担ぎて声高く軍歌を歌ひ日々歩みたり

「神州男児ここにあり」「ああ紅の血は燃ゆる」歌ひて行けり炎熱の街

海に向きて我等が掘れる対戦車壕攻め来ん敵の姿はいづく

反戦の辞

かなしみは潮満つるごと身をひたす果てなき闇に落ちゆく祖国

声あげて発語なすべき時至る国会前にわれは来たれり

書きて消し消してまた書くたゆたひや語彙に乏しきわれの檄文

戦争を否む集ひに名を記し帰る巷は立春の雨

何ほどの力になるや知らねども詠までははやまじ反戦の歌

書けと言はれ初めて書きし文章を檄になつたと友の微笑む

Ⅱ　雨の来ぬ間に

雨の来ぬ間に

何ほどの光とてなき来し方を慈しむがに降る秋の雨

別れ来て目蓋《まなぶた》熱く歩みをり友想ふ友の心の篤き

幾星霜経れどもゆらぐことのなき篤き情《こころ》に手触れし思ひ

永らへて今をわが知るほのぼのと心にかをる思ひの深さ

手を振りて別れし時の友の声古き譚詩のごとく消えゆく

歌を詠む慶びを語れと人の言ふ歌は慶びのみにあらねど

巻き道に続く木の根を岩群を急ぎ踏み行く雨の来ぬ間に

群立ちて蓮華升麻《しょうま》の咲く斜《なだ》り過ぐれば細き小道となれり

影を踏む

約一つ成りて出で来し市ヶ谷の濠端暗く水面《みなも》の光る

夜の道を車行き交ひ街路樹の影さまざまに揺れかつ踊る

濠端の舗装路歩むわれの影伸びては消えぬ車過ぐれば

瞑れば笑顔とともに蘇る今は世になき職場の友ら

新宿のとある酒場に語り出で語り止まざりし赤塚不二夫

変体かな混りの歌の味はひは言はば日本語のゆかしき香り

手に取れば重さ程よき井戸茶碗そのゆかしさや銘あらねども

今思へば打算を知らぬ少年の心なりしか身の揺るるまま

季すでに

病ほぼ癒えたるわれは遠く来て花乱れ咲く湿原歩む

季《とき》すでに過ぎたりといへ艶《えん》いまだ保ち花咲く河原撫子

季待たずはや花咲かむ吾木香《われもかう》紅き小花のあまたが競ふ

紅《あか》はつねにさきはひの色咲く花の明るき紅《あか》に弾む心か

風立てば紫小花さやさやと九蓋草《くがいさう》その長き穂揺らす

野あざみの赤紫の刺《とげ》の球彩《たまいろど》り冴えて頭《かしら》をもたぐ

名は似たれ見るだに花は異なれり下野《しもつけ》は木　下野草《しもつけさう》は草

霧ヶ峰姿は見えず雲低く空をおほひて動くともなし

目の前の岩を凌ぎて息吐けば一天展《ひら》けここが頂《いただき》

頂の砂礫越ゆれば霧深き下り路べに咲くや駒草

肌白き崖に秋日は照り返し千島桔梗咲き兎菊咲く

道しるべ　「槻の木」終刊

夕暮れを歩み来たれる町はづれ彼方に鈍く点る灯《ひ》のあり

こころよく一陣の風過ぎゆけり家並乏しき町の外れに

決断は決断なれば耐ふべきを風吹くたびに身を揉む尾花

孤の思ひに浸りをりしが測らずも立つ風のあり母の温みに

至りたる峠に立てる一本の道しるべあり木目《もくめ》際立つ

矢印に従ひ歩むわが足は時にあやまち時に乱るる

指折れば十有八年一瞬に過ぎしと思ふ師の亡きこの世

いづくにか川開きとぞ見上ぐれば夜空はろけく花火のあがる

夜の空の暗きにひらく火の花は光のみ見え音は届かず

つづまりは孤り水際《みぎは》に立つものか拠るべき岩も樹の蔭もなく

犬　二題

子の家に飼ふ犬キャロ

玄関に入るや尾を振り勇み立ちいざ上がらむと足揃へ待つ

逢ふたびに眼穏《まなこおだ》しくなりまさりキャロは尾を振り部屋駆け回る

殊更に吠ゆるとはせぬ老犬の床《ゆか》に身を延べ二つ目は閉づ

歌詠まぬこの犬なれど近寄れば眼《まなこ》やはらげ我に尾を振る

上等兵伍長軍曹「のらくろ」とともにありたるわが少年期

ブル大佐モール大尉にデカ伍長なべて友なりのらくろありて

四足ののらくろいつか立ち上がり人と同じく二足にて歩く

階級の昇進はさもあらばあれ犬らしからぬのらくろを憂ふ

恐竜と戦ひて勝つのらくろは犬にはあらですでに人なり

トンキン城トコトン城と攻め進む猛犬聯隊をひそかに怖る

あきらかに国策に則ふ動きなり五族協和謳ふのらくろ探検隊

樹

歩み来てゆくりなく会ふ二本の樹枝先に咲く薄赤小花

季違《ときたが》へ咲き出しものか枝四方《よも》に延ばし広げて小さき花咲く

秋深き夕べの原に立つ一樹総《ふさ》ざくらとぞ近寄り仰ぐ

右左行き交ふ車遠く見て小さき花咲く二本の樹あり

画の前に立ちて思へり日本の空の色また大地の香り

手に触れしもの時経れば己が身の幸《さち》となるべし信じよといふ

鳥

飛び立ちて天路はるかに行く鳥を祈る思ひに見送る我は

一斉に鳥飛び立てり誰の指示誰が合図もあらざるものを

西空を指して飛び行く鳥の群今宵眠るはいづこの大樹

おのづから姿消えゆく鳥の群おのもおのもの行方は知らず

雪を踏み氷を砕き登り行く山おもむろに春の息づく

前を行く靴の踏み跡確かめて登り行きたりひたぶるに我は

指揮棒

先輩荒谷俊治逝く

指揮棒の一閃するや会堂に曲の鳴り出で響きたかまる

先輩を偲びて語る電話口いま甦る曲と姿と

湧き上がる言葉は抑へ相語る亡き人思ふ心一つに

詩を見詰めしばしありしが微笑みて春の日光る扉の外に消ゆ

一言の難も示さず書かれたる曲生き生きと詩を育みつ

（修猷館二百年讃歌、作詞来嶋、作曲荒谷）

気魄

田中仙翁先生を悼む

夕刊の記事に一瞬たぢろきぬ仙翁先生逝きませりとふ

今もわが書棚に親し『用と美』を開かむとして両の手震ふ

書かむにも語るにも難し師とともに一書がためにありしくさぐさ

予期さるる障碍多き企画なれどためらはず師は受け給ひたり

古き世の喫茶の姿そのこころ　論に綴れる烈々の文

世に長く生き来し名器ほの暗き小間に据ゑては師の瞳《め》の光る

茶会記の記録うつつによみがへり正目に示す代《よ》々《よ》の名席

再びはありえざるかの名茶会描きあげたり燃ゆる気魄に

Ⅲ　月と影と

月と影と

月見よと妻いふ声に空仰ぐまことさやかにまどかなる月

光る　照る　輝く　煌めく　及ばざる言葉もどかし今宵の月に

ゆるゆると揺れつつ歩み行く影の街の灯につれ伸びつ縮みつ

八十年ともに生き来し影なればおろそかならず月光《て》る下に

音のなく雪降り出でぬ夜の更けを耳奥に鳴る過ぎし日の歌

音立てず降り続く雪真夜ふかく机に向かふ我にもの問ふ

辞退することの良否は問ひ難く月照る道を足は選びつ

顧みて去就に迷ひし記憶なし落葉は流る流れのままに

花々

日のささば蕾ほどけむ福寿草かがめば嬉し黄の花かをる

はからずも今年は勢《きほ》ふ福寿草七つ八つと花ひらきたり

晴れやらぬ心抱きて過ごす日々絢爛黄の花競ふがに咲く

いづこより飛び来たりしかこの土に種の落ちては花開きたり

福もなく寿もなき春なれど福寿草の花八輪ひらく

山に見しより色淡けれど花咲けり春日明るき朝のよろこび

鬱々と日々をありたる如月のやうやく過ぎて春の近づく

弁慶草と名づけられたる赤き花何のゆかりかこの庭に来し

強きゆゑとも優しきゆゑとも人は言ふ弁慶草のわが庭に咲く

言葉には尽くせぬ色あり姿あり今朝ひらきたる朝顔五輪

朝顔を詠みし師が歌わが胸にさやかに浮かび花開きたり

立ち止まりまた歩みては立ち止まるすみれ花咲く川の辺の道

年々に桜の花は咲きかをれ日本はいまだ佳き国ならず

蝶ヶ岳再登

飛び立ちて天路はるかに行く鳥を祈る思ひに見送る我は

西空を指して飛び行く鳥の群今宵眠るはいづこの大樹

おのづから姿消えゆく鳥の群おのもおのもの行方は知らず

はればれと空に高鳴く鳥の声励みと聴きて歩み続けつ

雷鳥に初めて会ひし山道のかの感激は今に鮮《あらた》し

雪を踏み氷を砕き登り行く山おもむろに春の息づく

道に見る花の数々懇ろに心に刻み歩み続けむ

一歩一歩歩み続くる歓びをこの胸深くしかと刻みつ

頂きを目指し歩みて行く一歩天に近づき勢《いきほ》ふ一歩

岩角を摑み身を捩ぢ首伸ばすおお頂ぞ真青の空ぞ

昏倒

平成三十年六月一日午後三時過ぎ、パソコンもて仕事中、突然眼前の風景が横に流れるやうに見える。不安を感じ、椅子から降りて横になる。しかし体が動かない。階下にゐた家人が異変に気付き、救急車を手配、何人かの手によつて病院に運ばれた。その間意識なし。小脳梗塞とて即入院となる。

眼の暗み声出でぬまま座り込む立たんとすれど力の出でず

眼前の画面の風景ゆつたりと流れゆくなり右へ右へと

力込め立たんとすれど身は重し眼《まなこ》ひらけどあたりは昏き

家人の来たれど語る声出でずここはしばらくなるに任せむ

救急車の方々来たりそののちはいかになりしか覚えはあらず

意識なきまま運ばれし道のりは白茫々と形をなさず

かすかなる耳朶の記憶にサイレンの音あり生死を分かたむ音か

横たはり身は病院の台にあり命保ちてここにしあるや

一夜明け立ちて歩めと命じらる今はなすべし渾身の力

再　起　六月一日より一ヶ月入院、退院後自宅にてリハビリに励む

診断は小脳に梗塞ありといふ見れば画面に小さき影あり

意識なく過ぎて来たれどこれゆゑに倒れし我かまじまじと見つ

指示されておもむろに身を起こす朝両足踏みて地に立ち得たり

十歩行き左に回りまたここに戻れと言はる　よろめくなゆめ

左にも右にも手触るることなかれ前見て胸を張りて歩めと

外に出でて街路歩めと指導さるドアを開けば眼《まなこ》くるめく

ゆつくりと歩め急《せ》くなと声のあり一足一足踏むありがたさ

背を伸ばせ顎引け胸張れ腰伸ばせ　繰り返しつつ日陰を歩む

曇り日の空よ降りくる光あり天のいづこに光はひそむ

小刻みに二つの足を運び行く生命《いのち》ま幸《さき》く大地を歩む

瞑れば父母あり姉も兄もをりいま甦り我を呼ぶらし

朦朧とベッドにあれば浮かびくるすでに世になき人々の顔

幾ばくの時かは知らね今しばしここに生きよといふ天の声

炎天のもと

炎天のもと歩み来て立ち止まる書き落したること浮かび来て

ぎらぎらと照る日の下を歩みきぬ己の影の淡き踏み締め

雷《いかづち》のとどろく聞けば蘇るかの夏山に遭ひしにはか雨

ひたぶるに歩み続けしかの山の峡《かひ》の細道いまはいかにか

声もなく思ふことさへあらぬままただ歩みたり道あるかぎり

眠らんとして次々に浮かび来る名を知れる花名も知らぬ花

秋風の頬をかすめて過ぎゆけり誰にか問はむその風のもと

辞書幾つ机に積みて瞑れば蘇りくる若き誰それ

ことあれば父また母を思ひ出づいまも聞こゆるそれぞれの声

危機

憲法の危ふき時代来たれりと彼岸の兄に如何にか告げん

新憲法成立を歓びゐたる兄平和日本を夢見て逝けり

兄逝きてはや半世紀憲法に「自衛隊」を記せといふ声高き

故もなく暗き心の居座れり醒めよ目覚めよ春なり今は

青々と空晴れわたるこの朝《あした》歩幅大きく広げて行かん

歩度上げて歩む巷は春あらしきびきび迫りわが肌《はだへ》刺す

日のささば葉はひらくべしさ緑の芽に力秘めその時を待つ

起て日は昇り凛々とかの山の背に今しきらめく

鶴　北海道にて

降りつのる雪野に屯《たむろ》する鶴ら耐へむ生きむと大地ついばむ

斜めより横よりしまく地吹雪の中に屯し動かぬ鶴ら

天仰ぎ時に高啼く一羽ありやや離れたる一羽相和す

何ありて俄かに離れし鶴一羽時おきてまた群に近づく

冬空の青を背《そびら》に高き樹の梢《うれ》に影あり一羽大鷲

夜の雨

夜を晩《おそ》く降り出でし雨悲しみを癒すがごとき音立てて降る

低き音響かせて降る夜の雨世になき人の声とも聞こゆ

語らんとして気づきたりこの友もかの友もはや現世《うつしよ》になし

夢の中に出でて駆け去る一つ影何の兆か秋の朝明け

時を追ひ時に追はれて生き来たり我はいつしか高齢者とぞ

師の逝きてはや十五年これよりは歌楽しみに生き行かんかな

妻の焼くケーキの香りほのぼのと漂ひて来ぬ晩秋一夜

Ⅳ　秋の夜に

秋の夜に

月冴ゆる夜に別れて幾年か故なく思ふかの夜の月

故もなく暗き心の居座れり醒めよ目覚めよ秋立ちにけり

秋空に照る月仰ぐこともなし日暮れて眠る名も知れぬ花

秋の夜をひとり覚めゐて聞くものか遠く去り行く空の爆音

谷隔て声高に呼ぶ友の声応へんとすれ既に影なし

くれなゐにはやも色づく楓の葉風立つ今宵さやぎやまなく

瞑りて思ふソーシャルディスタンス言にしがたきかの思ひあり

もの言はず今日も暮れたり読みもせず書きもせぬまま夜の灯を消す

世を憂ふる心は今も変はらねど過ぎたる時の何ぞいとしき

亡き母を（1）

昭和二十二年五月一日、母死す

別れしは十六歳の春なりき祖国の土を踏みてほどなく

指折ればはや過ぎにける七十年母の呼吸はなほ胸にあり

咳《しはぶき》のやまざる母の枕べにその口拭ひ一夜ありたり

「あなたはもう寝て頂戴」と母は言ひたり瀕死の床に

朝明けてやうやう眠りに落ちし母見届けて我は学校に出づ

小走りに帰る野の道いや遠し母よ待ちませ帰る我《あ》を待て

躑躅の花真赤に咲ける野の道を帰り来て逢ふ息せぬ母に

雨の夜を流れ行く川もの言はず運び去るらし母の命も

眠れずにありし夜の明け世にあらぬ母と語れり現《うつつ》の夢に

この母とともに在りしは十六年ふたたびはなきその十六年

もし母がこの世にあらば子のわれはいかなる文を書きて送らん

辛き日々は知らさで措かん楽しきは短く書かん言葉抑へて

亡き母を（2）

病身を押して帰国後、ほどなく床につき死す

高粱のみの食事のゆゑか胃腸病み母の衰へ日に日に著《しる》し

事もなげに栄養失調と医師は言ふ「牛のレバーなどおあがりなさい」

闇市を巡り求めしレバーなれ一日限りの気休めならむ

賜りし白米のごはんその人に会釈のみして眼を閉ざす母

一箸も口に運ばむ力なし輝くほどにま白きご飯

照る月が母にしあらば語らむかわが歩み来し幾つ起伏《おきふし》

空高く昇れる月のふりそそぐ光は誘ふ亡き母の声

祖国のさくら再びは見ず世を去りし母よいつかは共に花見む

幾たびも蘇りくる母の声「やすをは何でもぞんざいだから」

読み役の母の声音を繰り返し覚え尽くしつ百人一首

きりぎりすほととぎすはたやすらはで幼きわれの愛誦の歌

眼をつむり引き揚げ船の船底に臥しゐたる母今に忘れず

父の川柳

生前になさむと思ひ為得《しえ》ざりし父が遺句集子の我の編む

照る月が父にしあらば問ひかけむ詠みしあまたの句のもつ心

川柳が生きの支へと繰り返し言ひて己を貫きし父

若き日の己が句あまた船中に鉛筆をもて写しゐし父

指折れば父逝きてより四十八年顧みてわが思ひはてなし

世に父の詠み残したるあまたの句写し続けて一夜ありたり

五十年父詠みにける句のあまた月照る今宵子のわれは読む

川柳をせよと強くは言はざりきその父思ふ歳《とし》経てわれは

手紙来なば即刻返事書くべしと父は諭しき幼きわれに

兄・姉たちを

兄四人すべて世に亡しそれぞれに語らん思ひふつふつ兆す

進学を続けむと願ふ弟のわがままを許し給へり兄は（長兄）

殊更に理を説くとせずまる四年弟の学資送りたまひき

青春を俳句一筋に貫けど病みて絶たれしその志（次兄）

「花々は秋の冷たき奢りかな」詠み残したる句は忘れ得ず

学問の楽しさ深さ弟のわれに教へて倦まざりし兄（三兄）

夜の街に声あげ歌ひ帰り来てもの書く幸《さち》を説きたり兄は

荷車に薪積み六キロの道行けり炎熱の日も雨の降る日も（四兄）

相撲　野球　将棋　戦争　幾つもの遊び重ねてこの兄とあり

時には母の役も果たせし姉ならむ知らで育ちき幼きわれは（長姉）

ハルビンはロシアの香り残る街瞑り偲ぶ新婚の姉

さりげなく教へし姉か音楽会に講演会にわれを伴ふ（次姉）

画用紙を切りて字を書き「かるた」とし姉と耐へたる戦後の幾日

新しき義母との日々を堪ふる姉言葉選びて口の端に乗す（三姉）

言ひもせず素振りも見せず過ごしたる姉の一生《ひとよ》を敬ふわれは

兄と長塚節

母と家族にきりりと挙手の礼をなし口堅く閉ぢ兄は征きたり

万歳の声の門《かど》べに響くなか兄は征きたり戦地のいづく

岩波文庫持ちゐし故に殴打され兄は精神科に廻されたりと

病院に入りたりと兄の便り来ぬ顔蒼ざめて母はありたり

手遅れの一語とともに病院の手当てむなしく逝きたり兄は

木枯しの音遠く聞き病院の霊安室に姉と我をり

裏門を出づれば石炭殻捨て場　ここは長塚節《たかし》の歩みたる道

石炭殻踏みて浜辺へ出づる道　節の踏みし道われも踏む

橋本喜典を悼む

おそれゐし報せの遂に来たりたり橋本先輩世を去りしとぞ

月見えぬ秋の夜空を仰ぎをり心は鎮め訃の報らせ読む

「君の知る早稲田と今は違ふよ」と言葉穏しく言ひたまひたり

語は抑へ声穏やかに言ひませりその一言は今に忘れず

あらためて語る日あらむその時を約し手握り別れたりしが

「キジマくん」と吾を呼ぶ人のここにしてまた失せにけり哀しからずや

一軸を抱きて訪ひし日のありき葉桜の色やや褪せし午後

振り向きもせず足早に帰りたり花なほ残る小茂根の通り

空穂会のことにて迷ふ事あらば習ひのごとく電話機取れり

次代の夢　孫らを

果てしれぬ宇宙のかなた悠々と時空を超えてゆく星のあり（悠士）

きらきらと光りきらめく梓弓ひとすぢに飛べさやるものなく（梓）

紺青の空のかなたを翔りゆく龍のすがたのそのたくましさ（龍梧）

遥かなる空に高啼く鳥のこゑ天をゆるがす若きその声（遥）

V

雷の涙

岩ひばり　焼岳より乗鞍岳へ

頷きて背を伸べ岩の上に立ついざ歩み出む頂近し

天に啼く岩ひばりの声に励まされあと一息の巌根を摑む

見はるかす山の斜面に咲きかをる千島桔梗のその濃紫

乱れ咲く群れより離れ断崖《きりぎし》にひそかに咲ける金色の花

岩陰より出でて駆け行く子雷鳥離れて親はあらぬかた向く

頂に近づくにつれ立ち止まる心の揺れといふを知りたり

いま山は構へて登るものならずこの世に生くる欣びのため

躓きて転びしこともいくたびか思へばなべて幸《さち》に繋がる

山ありてこそ覚えたることどもを時に思へば一身熱し

十六夜の月

声ありて眼《まなこ》あぐれば秋の夜の空にきらめく十六夜《いざよひ》の月

拠りどころあらぬこの身は地にありてはるかに仰ぐ秋の月影

傾ける月に語らんそこばくの思ひはあれど声に出さなく

月の夜に洩れて聞こゆる調べあり闇にむかひて眼《まなこ》をひらく

みはるかす遠き山脈《やまなみ》かの夏に喘ぎ喘ぎて行きし尾根路

轟きて尾根吹きわたる山の風思ひ出でては寝返りを打つ

恃めなき一身なれど越えて来し山々の名をたどりて眠る

月のあるうちにと思ひ下り行くわが足元に揺るるわが影

回　想

少年期

大連の市内に二つ丘のあり緑山また若草山と

休日の朝は兄弟相競ひ駆け登りたりその緑山

朝飯前とふ言葉のままに朝飯前に兄弟登りしその緑山

ノモンハンの日本軍苦戦中とぞ風の便りか人は語らず

わが家に泊まりて前線に赴きし将士の訃報時おきて来る

小学生我にキャラメルを買ひ給ひたる上野中尉も戦死されしと

警報の発令されし空仰ぐ敵機の影はいづこにもなし

中学生われら海辺の丘に出《い》で対戦車壕掘れり炎天の下

かかる地にソ連の戦車来るらむか命令なればひたぶるに掘る

聖断は下り日本敗れたり全員帰校せよと連絡の来ぬ

敗戦前後

生徒みな自宅に潜《ひそ》み時を待つ間もなくソ連軍進駐すとぞ

進駐し来たれる兵ら服乱れ規律もあらず囚人部隊とふ

外に出るな女性は髪切れと伝へ言ふソ連兵士に心許すな

呼び出され立ち退きの命受けし母顔蒼ざめて帰り来たれり

いかにして家財運びしか記憶なし三日以内に家を開《あ》けよと

病む祖母は長兄が負へり背の上の祖母の表情は言《こと》にし難し

僅かなる日だまりに拠《よ》り肩すぼめ道に物売り来む春を待つ

出入口は板もて塞ぎ鍵をかけ名を確かめて出入りを許す

秋風に揺れさやぎたつポプラの葉　葉擦れがなかに聞く母の声

細き影

いまだ灯《ひ》をともさぬ家に帰りきぬまばゆくも照る秋の月影

この宵を空に輝く月の光《かげ》放つは何ぞ無償の灯り

日々かはる月の姿も見きはめず今宵は暗し左のまなこ

月の夜の道に見出でし細き影この夜はいたく痩せて地に這ふ

韻律に遠き心に秋の夜ををればただよひ来る影のあり

花を詠みしあまたの歌に囲まるれ桜は明るき花にはあらず

声ならぬ声に歌ふかさ緑の若葉夜明けの風にしゆらぐ

火とふ字を重ねて炎は生《あ》るるとぞこれより幾つ火をば重ねむ

何といふ暗さぞと思ふ一瞬を稲妻光り雷《いかづち》の鳴る

音のなく動く画面を見てをればわが死の後を見る思ひあり

榧の碁盤

雪つもる山より帰り耳に聞く榧《かや》の碁盤に響く石音

打ち過ぎか迷路に入りし大石《たいせき》の行方やいかにまた読み直す

性格が出ると言はれて手を止めぬ　つと浮かびたる渾身の石

手拍子に打ちたる石は見損じと気づきし時ははや間にあはず

二の一に手ありと夙に知りながら盤に向かへば一瞬迷ふ

敵の急所はわが急所とは覚れども時間に追はれ打ちし一石

閃きて胸を過りし一手あり懇ろに打つ力はこめて

盤面に見れど見えざる形あり「石《いし》の下《した》」とふその石の下

読み切りてひそと頷く時もあり人には見せじ会心の笑み

天井の升目に躍る白と黒組みては崩し崩しては組む

譬ふれば万年劫《こふ》のごとしとぞ言葉は知れど打ちしことなし

はじめての旅の帰りに求めたる那智黒石はいまだに重し

男女川

湧き出でて岩間を伝ひ流れゆくこれぞ男女川《みなのがは》の源流といふ

戦時下に男女川が通ひし工場は知る人ぞ知る中島飛行機

工場へ通ふ男女川の姿見つと地域の友ら声あげはしやぐ

双葉山が安藝ノ海に敗れしかの宵のラジオ放送なほ耳にあり

もんどり打つて倒れたりといふ描写ついぞ聞かざり戦後相撲に

吊り出しを得意としたる肥州山起重機と呼ばれし一時のあり

綾昇を真似て試みし内掛けの時には決まれ多くは利かず

鉄砲も起重機も電車道さへも相撲に遠き世となりけらし

男女川羽黒山また笠置山地名の四股名いとしむわれは

力士らの四股名のゆかり伝はれる現《うつつ》の山河忘れじわれは

番付に載れる力士のフルネーム玉錦三右衛門清水川元吉鏡岩善四郎

限られし土俵と碁盤その上に未来はひそむ佳くも悪しくも

雷の涙　白馬岳ほか

煌々と天に輝く月のあり人を送りて眼上《まなこ》ぐれば

人送り帰り来たれば足重く左と右と確かめ歩む

午過ぎに花咲きゐたる昼顔はいかにかあらん夜更けの今を

空に照る月ふり仰ぐこともなく深夜を眠る昼顔の花

いつ知れずこの齢《とし》となり読み返す登山記録に感慨しばし

父母《ちちはは》の知りまさぬ山に遠く来て何ゆゑ聞こゆ父母の声

降る雨をつきて登りし日もありき川となりたる山道《やまぢ》踏みつつ

曇りたる空のいづくか重々と響く音あり雷《いかづち》近し

轟くと聞くやたちまち一天は真暗《まやみ》となりて大雨来たる

全身はずぶずぶに濡れ駆け下る天より降るは雷《らい》の涙か

いづくより来し雷《いかづち》か瞬の間に天に轟き頭上に迫る

人の世を見下ろし嘆く雷か天に声あげ涙をこぼす

深山《ふかやま》の大地の下を行く水のかそけき音に耳をそばだつ

道標の示すがままに下り行けりわが踏み跡はほどなく消えん

登りにも下りにもこの杖ありて幾つ山越え頼りとなしつ

触れがたき斜面に咲ける白根葵《しらねあふひ》遠く見つめて踵《きびす》をかへす

山の記憶

登りたる山数ふれば四百座に至れりとふにわれと驚く

先人の登りて詠みし山の歌慎みたどる年経たる今

父も母もいまは世になしわが抱く山の思ひ出誰に語らん

恐れつつ初めて登りし扇山そのありさまはいまに忘れず

記憶ほとほと薄れしなかに鮮《あざ》らけしかの山に見し白山一華《はくさんいちげ》

登りたる山にて知りし花々の素顔はいまも胸に鮮《あた》らし

眼の前に咲く花の名はうつぼ草やうやく覚え心やすらぐ

山道を行きつつ遭ひし俄か雨その後《あと》さきはおよそ忘れつ

ひた登り登りて立てる槍ヶ岳天に届けとわれは声あぐ

先師空穂ここにし立ちて七十年余遅れていまを弟子われは踏む

空穂登りしは大正十一年（一九二二年）、わが登りしは平成六年（一九九四年）、その間七十二年

燕岳《つばくろ》の下りの尾根に出会ひたる雷鳥親子今はいづこに

遠き日にたどりし穂高連山の記憶はいまや語になしがたし

山小屋に目覚めし朝の日の光いのち新たな力をぞ生む

誰も知らぬ遠きへ一人旅立ちて何を語らん何をか書かん

跋

この歌集は私の第十三冊目の歌集である。

短歌とのかかわりは、詠み始めたのを一九四八年とすれば、ほぼ七十四年ということになる。長い歳月のように見えるが、決して人に語れるような充実したものではない。職業として選んだのは出版社。好きで入った道で、仕事はつねに忙しく、事が多かったが、顧みて言えばおおよそは楽しかったというべきであろう。短歌は、あえて言えばその生業の合間にひそかに続けていたものだ。そして多くの歳月が経過した。その間、短歌関係で果たした仕事は、纏めるとおよそ次のようになる。

歌集は本書を含め十三冊、評論・随筆的なもの十数冊。また編纂に関わった全集等は『昭和万葉集』を始め数点に及ぶ。

そして今、年齢も九十歳を越えた。わが人生も漸く終末を迎えそうである。こうして菲才の私が、さまざまの障害に会いながら、とにかくここに至り得たのは、ひとえに短歌に関わる恩師や友人、そして家族の恩頼による。それに対する感謝の気持ちは少々の言葉では尽くせない。ここにあらためてお礼を申し上げます。ありがとうございました。

最後になってしまったが本書をまとめるに至ったのは、年来の友、藤田三男氏と服部滋氏のおかげである。限りない感謝の心をこめて結びの筆をおく。

二〇二二年九月　　来嶋靖生

題簽　都筑省吾
装本　榛地　和

歌集　水

二〇二二年十二月十五日初版印刷
二〇二二年十二月二十日初版発行

著　者　来嶋《きじま》靖生《やすお》
発行者　小野寺優
発行所　株式会社　河出書房新社
郵便番号一五一−〇〇五一
東京都渋谷区千駄ヶ谷二−三二−二
☎〇三−三四〇四−八六一一（編集）
〇三−三四〇四−一二〇一（営業）
http://www.kawade.co.jp/

印刷・製本　新灯印刷株式会社
本文印字　林　幸子

ISBN978-4-309-92251-5